KB237249

저 산 안에 길이 있어

김장수 시조집

오늘의문학사

저 산 안에 길이 있어

저 산 안에 길이 있어

올 겨울은
춥고 눈이 많이 내린다.
사람들은 겨울이 추운 것은 당연한 일로 생각하면서
겨울이 왜 추운지 물으면 겨울이니까 춥다고들 한다.

지난 해 봄
내게 가장 소중한 분이 이 세상 여행 마치고
하늘로 가셨다.
그래서인지 올 겨울은 내게 유난히 춥다.
그 동안 앓던 몸살이 더 심해지고
넋두리로 마음을 달래는 시간이 늘었다.

이제 내 님은
꿈길에서 나를 부르고
꿈길에서라도 만날 수 있음에 감사하며
늘 그 꿈길을 그리워한다.

긴 세월 힘든 병원생활에도
찾은 내게
"내일 또 와. 기다릴게!"
하시며 미소 짓던 그 모습이 그리워
앓던 몸살 계속 앓고 싶다.

1부

홍도리의 봄

눈꽃 가득한 길에서

밤사이 얼어버린 산골짜기 궁금하여
새벽녘 찾은 구름 나무 위에 쉬었다가
까암빡 잠들었는지 활짝 핀 하얀 눈꽃.

골짜기 가득 자란 나뭇가지 가지마다
새 옷 갈아입어 산천이 해맑아도
가슴속 공허한 마음 가득함은 왜인지.

겨울비

우수 경칩 지난 후에 다 먹은 독 깬다더니
소한 날 매우 추워 대한 추위 걱정하다
아침에 들리는 소리 겨울비의 속삭임.

가득한 안개 뚫고 가랑비 소풍 나와
음지쪽 쌓인 흰 눈 말끔하게 녹여 주고
나그네 얼은 마음도 따뜻하게 녹여 주고.

오는 봄 너무 멀다 참지 못해 내리면서
꽁꽁 언 나무뿌리 기지개 펴게 하고
냇물 속 버들치무리 얼굴 환히 펴게 하고.

떠난 임 유리창을 똑똑똑 두들기다
모른 척 못 들은 척 대답 없는 메아리에
유리창 밝은 곳에다 내 맘 가득 적어놓고.

까치집

나뭇가지 철사도막 이것저것 바삐 날라
전선주 위 얽고 엮어 다듬은 보금자리
사람들 피해 크다며 사정없이 터는구나.

산란일 다가오고 짓는 집 부서지니
나뭇가지 올라 앉아 헐리는 집 바라보며
울다가 슬피 울다가 작은 속만 검게 타지.

아이티 지진으로 살던 집 무너지고
무너진 잔해에서 살려 달라 소리치던
처절한 마지막 몸부림 두 눈으로 보고서.

진악산 오르는 길

진악산 오르는 길 솔가지 가지마다
초록 저고리에 흰 눈꽃 가득 피어
산 능선 넘는 바람에 하늘 여는 꽃가루.

등산로 따라 자란 커다란 소나무들
덮었던 하얀 이불 무게를 못 견디어
허리가 꺾이었어도 찾는 가슴 이는 희망.

눈꽃

춘삼월 꽃샘추위 꽃눈 얼까 걱정되어
밤사이 내린 흰 눈 나뭇가지 위에 앉아
길가의 벚나무가지 눈꽃 활짝 피었구나.

농부들 바쁜 일손 걱정하는 마음일어
그리움 가득한 이 오작교 놓으려고
이 세상 고운 마음들 모두 불러 놓았구나.

장애우 평등학교

학부모 일터 찾아 정든 곳 떠나가고
아이들 부모 따라 새 학교 찾아간 곳
장애우 닫힌 문 열어 꿈을 꾸는 동산이여.

여자 셋 남자 일곱 불편한 몸 서로 도와
하나 되어 의지하고 손과 발 되어주니
아들 딸 찾지 않아도 아쉬울 것 없어라.

휠체어 올라앉아 움직이기 힘들어도
한쪽 손 뒤틀어져 움켜잡기 힘들어도
삶 향한 굳센 의지에 저 하늘도 감동하리.

불편한 몸과 마음 꿈 찾아 움직이니
캔버스 하얀 천에 아름다운 세상 가득
조롱박, 나무 등걸도 꿈 가득히 열렸어라.

손과 발 불편해도 마음은 천심이어
찾는 이 맘 상할까 환하게 웃는 모습
그 누가 이들을 향해 장애우라 부르랴.

* 장애우평등학교 : 옛 흑암초등학교 자리에 장애우들이 모여 사는
  공동체 이름

꽃샘추위

28

오는 봄 시샘하여
눈 가득 내리다가

눈으론 부족하여
수은주 내려가니

살며시
내밀던 꽃눈
고향 길도 서글퍼.

생강나무 꽃

산골짜기 냇가 따라 가지 뻗은 생강나무
잎사귀 내기 전에 노란 꽃 먼저 피어
골 따라 부는 바람에 향기 실어 하늘대고.

노란 개나리꽃, 산수유에 뒤질세라
찾은 봄 가기 전에 봄 향기 가득 담아
발 닿는 골짜기마다 봄소식을 전하는데

가녀린 가지마다 생강 향기 가득하니
모양이 썩 달라도 그대 이름 생강나무
올가을 김치 담글 때 생강 대신 넣어볼까.

사월 눈꽃

사월 중순
내린 흰 눈
산천을 물들이어

활짝 핀 꽃 위에도
벙글은 꽃봉오리도

흰 눈꽃
같이 숨 쉬니
그리움만 맴돌고.

붉은 빛
꽃봉오리
하얀 꽃 앉아 쉬니

흰 눈꽃 분홍 되어
산천도 붉게 타고

여몄던
작은 가슴도
봄 그리며 같이 탄다.

고운 꽃잎 떨어질까

32

별빛 숨은 하늘아래 흰 벚꽃 하나 가득
계절이 거꾸로 가 하얀 눈꽃 매달았나
흐르는 대전천 수면 가득 메운 함박눈.

고운 꽃잎 떨어질까 바람도 숨죽이고
가로등 밝은 불빛 꽃 이야기 방해될라
지나는 전조등 위에 살그머니 내려앉네.

꽃송이 가득하여 꽃가지 자취 잃고
꽃향기 물에 녹아 물 따라 흘러가니
벌, 나비 물 원망하며 밤이슬을 먹겠구나.

지나는 나그네에 쉬었다 가라는 듯
나무 아래 도톰하게 흰 꽃방석 내 놓아도
꽃잎만 하늘거리다 밤하늘에 숨는다.

판암 배수지

돌계단 따라 자란 아름드리 벚꽃나무
아침 기온 쌀쌀해도 하얀 꽃 활짝 웃고
지나간 슬픈 추억은 표피 속에 감췄구나.

산봉우리 깊게 파서 저수조 만든 자리
잔디는 까닭 잊고 파릇파릇 돋아나고
토요일 지는 햇볕에 한 주 피로 잊는 발길

잔디밭 가장자리 늘어진 벚꽃가지
석양에 반짝이니 은모래 밭 옮겼는가
술잔에 지는 잎 받아 세월 함께 마셔볼까.

흰 벚꽃 부족하다 백목련 지목련에
개나리 진달래꽃 언신홍 힘께하니
산 좋아 찾은 이 발길 함께 꽃이 되는구나.

산벚꽃

34

산까치, 산비둘기 단 열매 좋아하여
벚나무 열매 먹고 산 속에서 잠을 자니
온 산에 가득한 봄꽃 먼 하늘에 잠기고.

연녹색 새순 사이 하얀 꽃, 연분홍 꽃
산새가 그린 그림 한 폭의 동양화라
치마폭 부는 봄바람 여인 가슴 쓸어안네.

차창에 비친 산천 모두가 꽃밭이니
살면서 멍든 가슴 살며시 사라지고
가슴에 쌓인 응어리 봄눈 녹듯 녹는다.

홍도리의 봄

분홍빛
타는 가슴
수줍어 말 못하고

가슴에
가득한 정
속으로 삭이다가

진분홍
꽃잎이 되어
붉은 해를 삼킨다.

행복도시

포크레인 굉음소리 덤프트럭 엔진소리
흙먼지 바람 따라 산능선 넘어가고
돌무덤, 흙더미 사이 높이 솟은 크레인.

파헤쳐진 울창한 산 채워진 너른 들판
삶의 터 떠난 이들 고향 땅 바라보며
사라진 고향 그리워 애태우는 가슴들.

득표야심 검은 속셈 살그머니 감추고서
전 국토 균형발전 미사여구 내세웠지.
반 토막 작은 땅에서 수도 옮겨 어쩌자고.

제 자식 잘못하면 고치라 하면서도
충청민심 등에 업고 지역 갈등 부추기니
아부꾼 아첨하는 말 행복도시 좋구나.

동락원

전주시 풍남동의 한옥마을 한 가운데
휘어진 서까래 위 옛 기와 누워 자고
메발톱 금낭화 꽃잎 봄 하늘을 열고 있다.

마당 안 줄지어선 가득한 옹기 장독
장에서 나는 향기 옛 시절로 안내하니
오늘에 살고 있어도 옛 모습이 선하구나.

한옥 방 들어서니 옛과 오늘 공존하여
따뜻한 온돌 위에 장고와 텔레비전
천장의 형광등 여럿 창살에서 졸고 있다.

멀찍이 대문 옆이 화장실 좁은 공간
수세식 양변기에 두루마리 화장지라
멀수록 좋다고 했던 옛 말씀이 새롭다.

루드베키아(Rudbeckia spp.)

이름도
여러 가지
제멋대로 불리어도

토양을 가리지 않고
여기저기 솟아올라

연녹색
줄기 위에다
가득 부은 노랑 물감.

새벽부터
저녁까지
타는 가슴 참아내며

찾은 이 오가는 이
구별 않고 반기면서

모두들
영원한 행복
죽어서도 누리란다.

* 루드베키아 : 국화과의 다년초로 정식학명은 "Rudbeckia
  spp." 누드베키아, 원추천인국, 멕시코해바라기, 삼잎국화
  라고도 한다.

바람도 석탑 위에서

상소동 산림욕장 돌들이 춤을 춘다.
팔십 노객 손끝 떠난 산비탈 돌조각들
부드런 선을 그리며 하늘 아래 춤춘다.

사년을 하루같이 자기 일 접어두고
골짜기 돌 모아서 하나 둘 올려두니
한 주의 피로 잊으려 찾은 이들 흥겹다.

사년을 쌓은 석탑 그래도 부족하여
돌 줍고 모래 날라 석문을 만드는 손
이마에 땀방울 가득 물 마른 내 적시고.

아라비아 석공들이 돌탑을 쌓는대도
이처럼 아름다운 석탑을 쌓았을까
바람도 석탑 위에서 하루 종일 맴돈다.

골짜기 흩어진 돌 석탑 되어 자리하고
머들령 넘던 바람 이 곳에서 쉬어가니
구름도 해를 가리어 더위 식혀 주는가.

2부

부소담악 赴召潭岳

청라호수

실바람 불어와도 출렁이던 청라호수
알몸을 자랑하다 찬바람에 지쳤구나
하 넓은 호수 수면에 해 뜬 줄도 모르고.

잔파도 곱게 일다 호숫가에 부딪쳐서
하얀 포말 만들고는 파란 물결 그리다가
본 모습 찾기도 전에 망부석이 되었구나.

솔섬

동해바다 푸른 물이 밤낮으로 쌓은 모래
호산리 앞 바다에 긴 백사장 만들고는
모래톱 제방이 되어 삼각주를 만들었네.

타원형 작은 섬에 푸른 솔 가득 자라
초승달 솔가지에 살며시 앉아 쉬고
철새도 먹이를 찾아 쉬었다가 가는구나.

잔파도 가득 안고 솔 섬 향해 뜨는 태양
겨울밤 식은 공기 붉으스레 데우면서
내일을 기다리지 말고 그날그날 즐기란다.

동강

아낙네 슬픈 사연 보따리에 모두 싸매
아리랑 긴 가사에 그 슬픔 담았어도
긴 세월 사무친 한을 달랠 수가 없었나.

애절한 노랫가락 강물에 녹았는지
푸른 빛 동강 물은 차마 얼지 못하고서
정선 땅 골짜기마다 눈물짓고 있구나.

강물 따라 줄지어 선 깎아지른 바위절벽
패인 곳 토사 쌓여 솔가지 늘어지고
흐르는 동강물 위엔 가득한 솔 그림자.

굽이쳐 흐르는 물 청룡이 꿈틀대듯
굽이굽이 감아 돌아 정선 땅 아우르니
이제는 원망과 한숨 담을 때도 되었는데.

소래포구

남동구 가로질러 서해로 흐르던 물
바닷물에 되밀려서 형성한 소래포구
제각기 고깃배들은 만선의 꿈 키우고.

각지서 찾아온 손 시장 메운 발길 가득
동행인 손잡고서 얼굴엔 밝은 미소
다가올 봄꽃 소식에 세월가도 좋아라.

길바닥 줄을 이어 돗자리 깔고 앉아
생선회 안주삼아 마시는 소주 한 잔
가슴 속 가득한 아픔 한 잔 술에 잠긴다.

巨文島

고흥반도 매달렸던 땅 파도에 떠밀리다
백도 풍경 아름다워 짓밟을까 멈춰 섰나
세 개 섬 둘러앉아서 오손도손 정답다.

작은 섬 살면서도 푸른 나무 가득하고
음달산 넘던 구름 가슴 가득 일렁이니
빼어난 문인들 많아 이름하여 巨文島라.

백여 년 전 열강들이 힘 겨루며 대치하다
영국군 함포 쏘며 巨文島 점령하니
지금도 그 때의 포성 작은 섬에 가득한데

뭍에서 온 여객선, 크고 자은 어선들
동·서도가 바람 막아 고도에 정박하니
섬 찾는 많은 사람들 저 고도가 거문돌세.

동도 서도 고도 세 섬 병풍처럼 둘러쳐서
일백만평 천연 항만 島內海 형성하니
바람도 머물다 가고 그리움도 머문다.

白島

48

거문도 동남쪽 칠십 리 바다 위에
거센 바람 높은 파도 반가이 맞이하다
젖은 옷 바다에 던져 裸木이 되었구나.

작은 섬 서른아홉 물밑 섬 육십 개라
百에서 一모자라 白島라 하였건만
이름을 빼어 닮았나 암벽 모두 하얗다.

섬 무리 둘로 나눠 상 백도 하 백도라
상 백도 한 가운데 한 마리 곰 우뚝 서고
나그네 배고프거든 흰 떡으로 달래란다.

시루떡 바위아래 뻥 뚫린 구멍 여럿
날다가 지친 새들 편히 쉬어 가라고
해신이 석공들 모아 아파트를 지었는가.

하 백도 들어서니 반가이 맞는 바위
어부들 고기 잡다 파도에 옷 젖으면
세탁 후 조업하라고 줄서 있는 빨래판들.

멀리 떠난 아낙네를 해지도록 기다리다
밤새 오지 않았는지 정욕이 가득한지
반듯이 솟은 남근은 부끄럼도 잊었다.

바위산 절벽 위에 성모상 미소 짓고
중님은 합장하고 불경을 외고 있나
백도에 오는 나그네 즐거운 여행 되라고.

먼저 오른 아내 거북 몹시도 야속하여
남편 거북 목 내밀고 눈 흘기며 소리치고
진돗갠 귀 세우고서 소리 내어 반긴다.

우포늪

창녕읍 서쪽으로 이 십 리 떨어진 곳
나무 벌, 쪽지 벌에 모래 벌, 소벌 모여
천연의 습지 이루니 생태계의 보고일세.

소의 형상 닮았다하여 소벌이라 이름한 곳
아름드리 왕버들은 군락 이뤄 봄 부르고
해 넘긴 물억새 줄기 찬 바람에 허리 휘고.

쪽지 벌 옆길 지나 나무 벌 따라 도니
왼쪽엔 모래벌이 오른쪽엔 넓은 소벌
토평천 따라 흐르는 맑은 물을 반기고.

자전거 위에 앉아 따라간 길 한 시간 반
왕버들, 가시연에 물억새 가득하고
게을러 귀향을 못한 철새들이 한가롭다.

넓은 수면 여기저기 한가로운 목선들은
수초들 외로울까 바람에 살랑이며
배주인 기다리면서 풍어의 꿈 꾸는가.

1억 년 전 태고신비 고스란히 간직하며
다양한 생명체 모여 삶의 균형 이뤄 사니
수많은 동·식물들의 삶의 터전 되었구나.

거문도 등대

52

등대 찾아 가는 산길 가득한 활엽수 숲
동백나무 후박나무 줄줄이 이어 서서
동박새 흑비둘기들 안심하고 살라하네.

거문도 서도 끝의 수월산 언덕 위에
남해바다 푸른 물결 밤낮으로 굽어보며
섬 찾는 크고 작은 배 밝은 불빛 한 가득.

관백정 올라서니 낚싯배 한가로이
파도에 흔들리며 조사의 꿈 모아두고
드리운 낚싯대 끝엔 가는 세월 머문다.

등대 안 흰 전망대 백오십 계단 올라서니
제주도 한라산은 해무에 가려있고
해녀들 거친 숨소리 바람결에 떠온다.

새만금 방조제

18년 역사 끝에 서해에 뻗은 제방
숱한 우여곡절 바다에 깊이 묻고
서해를 둘로 갈라서 재창조를 하였구나.

비응도 변산반도 팔십여 리 긴 제방에
사차선 포장도로 넓은 길 이어지니
멀리서 찾은 발길들 발걸음도 신이 나고.

제방 안 너른 호수 작은 배 한가롭고
갈매기 옛 생각에 호수 위 헤매나니
유람선 하얀 물거품 그 옛날의 꿈이여.

향수

파도가
두들겼나
해풍이 짓이겼나

십여 리 긴 백사장
모래알 다져져서

걸어도
뛰고 달려도
흔적조차 없는 길.

백사장
가장자리
기다란 사구 가득

줄지어선 늙은 해송
해풍에 두 손 들고

뭍 향해

비스듬히 서

옛 시절이 그립단다.

모랫길 포장길

고창 땅 남서해변 길고 넓은 백사장이
파도에 뭇매 맞아 잔모래 갯벌 되고
갯강구 집을 짓느라 잘게 뭉친 구슬 가득

작은 모래 모래 사이 파도가 다졌는가
미장이 할 일 잊고 백사장을 두들겼나
승용차 올라앉으니 포장도로 여길세.

서해바다 푸른 물이 바람에 출렁이니
저녁 햇살 갈라져서 파도를 끌어안고
같이 온 사람들 모여 가득 쌓는 푸른 꿈

* 구시포 해수욕장에서

부소담악 赴召潭岳

오르고 내리다가 굽이굽이 돌아서니
추소리 맞은편의 칠백 미터 바위절벽
병풍을 휘둘러 친 양 부는 바람 가로막네.

추소정 올라앉아 서화천 바라보니
왜가리 먹이 찾아 물 위를 응시하고
노송은 가지 늘여서 수면 위에 떠있구나.

바위 절벽 수면 위의 수초들 속삭이고
어부가 길게 늘인 그물들 긴 기다림
바람에 흔들리는 배 만선의 꿈 꾸는가.

부소단악 절벽 위를 혼자시 긴노라니
늘어진 솔가지에 구름은 누워 자고
발아래 푸른 물 위엔 그리움이 가득하네.

세월 잊은 서가

격포항 언덕 넘어 서해 파도 머무는 곳
떠밀린 푸른 물에 씻기고 깎이어서
해변도 야산기슭도 가득 이는 깊은 시름.

모래로 가득했던 바닷가 백사장은
풍랑에 몸살 앓아 작은 산맥 가득하고
물 고인 바위틈에는 작은 게들 바쁘고.

산비탈 가득했던 흙 위에 자란 나무
빗물에 씻기고 파도에 떠내려가
암벽만 줄지어 서서 주름살만 깊구나.

닭이봉 푸른 솔은 해풍에 벙긋 웃고
그 누가 소장한 책 이 곳에 옮겼는지
빼꼭히 쌓인 서가는 가는 세월 잊었다.

당나라 이태백이 배 위에서 술 마시며
강물에 둥실 뜬 달 가슴에 품으려다
그의 혼 떠다니는 곳 여기 옮겨 놓았다지.

채석강 앞 맑은 수면 오후 해 가득하니
은빛 파도 눈이 부셔 갈매기도 멀리 나네
어여쁜 임의 얼굴은 어디에다 비춰 보나.

채석강이 강이란다. 강 아닌 바위란다
江이라 이름 지니 강이라 불리어도
서해 물 이 곳에 모여 밤낮으로 춤춘다.

* 彩石江에서

작은 연못 임이 되어

이른 아침 불어오는 해풍에 눈 부비다
시끌벅적 들뜬 소리 북적이는 발길 보며
만 삼천 풀, 나무들이 웃음으로 반기는데

이른 봄 활짝 피는 사백여 종 목련꽃이
서해바다 푸른 물을 색색으로 물들이고
찾아온 관람객 가슴 훈풍으로 채우고.

이름 모를 나무들은 하늘 향해 솟구치고
봄부터 겨울까지 온갖 꽃 피고 지니
사계절 꽃향기 가득 서해안의 푸른 보석.

작은 못 가득히 핀 연꽃들 밝은 미소
어여쁜 임의 얼굴 연꽃 사이 둥실 뜨니
연꽃도 예쁜 임 되어 작은 연못 임이 되네.

* 천리포 수목원에서

천제연 폭포

서귀포 옆 바위 절벽 깎이어 패인 곳에
용암 틈 흐르던 물 한데 모여 떨어지니
나르던 갈매기들도 황홀함에 방향 잃고.

절벽 틈 쌓인 흙에 상록수 뿌리박아
태평양 거센 바람 팔 벌려 맞이하네.
떠가던 새하얀 구름 쉬었다가 가라고.

사계절 하루같이 푸르름 가득 안고
늘솔길 고운 향기 이제껏 기다렸나
깊은 물 물고기들도 떼를 지어 반긴다.

3부
여수행 무궁화 열차

황산이 예 있어라

동해에 일던 바람 태백산맥 넘으려다
절벽에 막히어서 되돌아가는구나
깊은 산 빼곡한 숲에 바람소리 남기고.

길 따라 찾은 계곡 눈앞엔 절벽 가득
산골짝 가득하게 높이 자란 소나무가
닫혀진 푸른 하늘을 살짝 열어 놓는구나.

오르고 또 올라도 눈 덮인 산 가득하고
계곡에 흐르던 물 얼어붙어 말없으니
외로워 찾은 나그네 그 누구와 말벗하랴.

계곡 따라 가득한 산 황산이 예 있어라
기암절벽 사이사이 소나무 늘 푸르고
푸른 솔 가지가지에 출렁이는 새 희망.

* 동활 계곡에서

구봉산에서

멀리 보이는 산 깎아지른 바위 절벽
아홉 봉 어우러져 지나는 이 유혹한다
산 좋아 찾는 발길들 여기 다녀가라고.

산골짜기 들어서니 바람소리 등 떠밀고
간벌한 잡목더미 이곳저곳 널브러져
눈 녹은 겨울 산언덕 외로움만 가득한데.

다람쥐 먹이 찾아 산골짜기 달려가고
청설모 떼 짝을 찾아 앞서거니 뒤서거니
혼자서 산에 오르는 나그네만 한가롭다.

산봉우리 앞을 막아 햇빛 닿지 않는 산길
겨우내 내린 눈이 녹기 전에 얼어붙어
절벽에 길게 언 얼음 무심한 세월이여.

* 구봉산 : 전라북도 진안군 정천면에 있는 산

하늘 벽 구름다리

먼 옛날 하늘여신 천신의 천봉 훔쳐
천군에 쫓기어서 황급히 달아나다
하늘 벽 뻥대 어딘가 천봉 숨겨 두었다지.

동강물 흘러가는 바새마을 앞 뻥대 위
천봉을 찾기 쉽게 유리로 다리 놓아
찾은 이 천기를 받아 소원 이루게 하였구나.

하늘 벽 구름다리 열세 번 건너면서
숨겨진 천봉 찾아 마음 속 소원 빌면
하늘이 어여삐 여겨 소원성취 이룬다지.

십삼 미터 유리다리 열세 번 건너면서
천봉은 안 보어도 소원을 빌이볼까
가슴 속 그리운 사람들 꿈결에서 만나게

* 하늘 벽 구름다리 : 정선군 신동읍 덕천리 제장마을 연포마을의
  생태탐방로 중간쯤의 바새마을 앞 뻥대 위에 유리와 H빔으로
  만든 다리
* 뻥대 : 절벽의 강원도 사투리

그 옛날이 예 있다

평창강 굽이돌아 맑은 물 가득한 곳
선암마을 건너편에 한반도를 빼닮으니
서면을 한반도면이라 지명까지 바꿨구나.

오간재 전망대서 남산재 바라보니
축소된 백두대간 강 따라 이어지고
서쪽엔 하얀 모래밭 동쪽에는 절벽이라.

삼면을 어루만져 흐르는 강물 따라
남에서 부는 훈풍 산천을 데워주니
진달래 가지 끝에서 꽃망울이 눈 비빈다.

전망대 난간 위에 반갑다 올라서서
지그시 눈을 감고 지난 시간 돌아보니
선조들 지켜온 조국 그 옛날이 예 있다.

* 강원도 영월군 한반도면의 한반도 지형이 보이는 전망대에서
* 선암마을 : 강원도 영월군 한반도면 옹정리에 있는 강변마을

신선암

방절리
산기슭에 서 있는 신선바위
층암 절벽 외로울까
그 옆에 높이 솟아
밤과 낮
가리지 않고
따뜻한 정 주고받고.

서강
푸른 물에 그림자 드리우고
자라바위 외로울까
틈틈이 눈길 주며
봄바람
가까이 불러
사랑의 말 전하나.

* 신선암 : 영월읍 방절리에 있는 선돌

여수행 무궁화 열차

마주 오는 기차 비키려 예 섰다 제 멈췄다
고향집 찾는 발길 친구 자혼 찾는 발길
제각기 마음 달라도 발길마다 꿈 가득.

열차 중간 카페 칸엔 온갖 사람 다 모였다.
입석표 받은 사람, 술 생각나는 사람
게임에 몰두하는 이, 둘이 있고 싶은 사람.

S자로 굽은 길엔 좌우로 목 내밀고
일자로 곧은길엔 내민 목 움츠리니
긴 시간 홀로 있어도 여행길이 흥겹다.

모든 이 꿈 싣고서 궤도 따라 달려간다
마음 속 보물지도 연달아 되뇌이며
내일은 오늘보다 더 행복 가득하리라며.

워커힐

한강이 내다뵈는 광진구 언덕배기
낮은 산 곳곳마다 산벚꽃 활짝 피니
가슴에 이는 봄바람 무엇으로 달래나.

색색 옷 갈아입은 나그네 환한 미소
지나간 고된 세월 모두 다 잊고서는
꽃향기 감로수 되어 걷는 발길 가볍다.

미군의 휴양시설 서있던 작은 언덕
워커장군 추모하여 워커힐로 이름 지니
찾는 이 가슴 속에도 그의 희생 남으리라.

언제 돌아가려나

경사진 임도 따라 올라선 산기슭에
일찍 핀 벚꽃자루 산버찌 열매 맺고
꿈꾸다
늦게 일어난
산벚꽃이 하품하고.

깊은 산 너른 기슭 바람도 멈춰서고
다람쥐 한가로이 일광욕 즐기는 낮
금낭화
무리지어서
산기슭을 수놓고.

여인네 지나다가 무리 진 꽃에 취해
처음 본 남정네가 권하는 술에 취해
가족들
기다리는 집
언제 돌아가려나.

* 대아수목원 옆 금낭화 군락지 가는 길에서

청보리 연가

선동리 낮은 언덕 삼십만 평 너른 밭에
푸른 하늘 벗 삼아서 청보리 솟구치고
보리밭 사이사이로 황톳길이 열렸다.

보리 이삭 사이사이 깜부기 미소 짓고
노오란 유채꽃은 가는 봄이 아쉽단다
긴 겨울 가득한 한숨 이삭 끝에 맺혔구나.

보리밭 옆 작은 언덕 잉어등 쏙 닮아서
그 아래 작은 연못 잉어못이라 이름 지니
용문이 못 둑에 서서 소원성취 기원하네.

청보리 푸른 줄기 하늘에 널려 있고
떠가던 흰 구름은 보리밭 스쳐간다
가슴에 이는 그리움 흰 구름에 실으라고.

* 전북 고창군에 있는 학원관광농원에서
* 선동리 : 학원관광농원이 있는 마

도솔암 가는 길

동트는
새벽 산길
연녹색 나뭇잎들

맑은 물 머금고서
새벽을 맞이하고

다람쥐
먹이 찾아서
이른 아침 열고 있다.

이름 모를
산새 녀석
나뭇가지 골라 날고

계곡의 맑은 물은
소리 내어 흐르는데

하루가
열리는 시각
타는 가슴 어이하나.

그 소리가 그 소리

달구벌 동북쪽의 팔공산 기슭아래
양지바른 언덕 골라 부처님 뜻 넓게 펴니
중생들 이 곳 찾아와 던져둔 짐 한 가득.

한 겨울 눈 속에서 오동나무 꽃이 피어
절 이름 동화사라 지금껏 불리지만
오동은 오간데 없고 대나무 숲 바람 인다.

사찰 앞 좁은 계곡 크고 작은 돌덩이들
급류에 닳고 닳아 온 면이 깎이어서
아래로 굴러 내릴까 맑은 물도 숨죽이고.

통일의 꿈 가득 안은 통일약사 저 여래불
지그시 눈을 감고 속세를 내려 보며
소나무 사이로 흐르는 계곡물로 마음 씻나.

동봉 서봉 비로봉이 산 아래 굽어보고
떠가는 흰 구름은 무슨 일 그리 바빠
찾은 이 보지도 않고 발걸음이 바쁠까.

나뭇가지 이는 바람 계곡을 스쳐가니
물소리 바람소리 그 소리가 그 소리라
숨 쉬며 살아있을 때 부처님도 부처지.

둔주봉 가는 길

금강 따라 구불대는 지수리 가는 도로
육십년 대 시골길이 여기에 남아있다.
길바닥 패인 곳 많아 흔들림도 요란한 채.

마주 오는 자동차가 날리는 흙먼지에
작은 눈 크게 뜨고 길 찾아 달리는 길
곧게 편 어깨와 등을 등받이가 두들기고.

좁다란 오르막길 앞만 보고 달리다가
빽빽한 소나무 숲 가득한 솔향기
정자도 나그네 반겨 흐르는 땀 식혀준다.

동락정 걸터앉아 금강물 굽어보니
눈 아래 보이는 곳 한반도 누웠구나
잠에서 덜 깨었는지 좌우 서로 바뀐 채.

* 둔주봉 : 충청북도 옥천군 안남면에 있는 봉우리로 한반도
  지형을 볼 수 있다.

낙안읍성에서

낙풍루 들어서면 수문장 교대식에
객사 안 대청에선 가야금 병창소리
지나던 발걸음들을 먼 옛날로 돌린다.

마을안 거리마다 옛 모습 가득한데
찾아온 사람들만 오늘을 살고 있나
디지털 사진기마다 담겨지는 옛날들

낙풍루 올라서니 읍성마을 눈에 들고
쌍청루 가는 길엔 흰 연꽃 가득한데
천천히 세월 돌리는 한가로운 물레방아.

서문 가는 길에 자리한 낮은 야산
석벽도 산 따르니 오르는 길 숨이 차고
성곽을 넘어온 바람 스며오는 시원함.

이곳도 사람이 살아

대청댐 굽어보는 산 능선 깎고 닦아
고개 돌아 고개 넘어 회남 가는 굽은 산길
가로수 숲을 이루어 나그네를 반긴다.

돌고 또 돌아서 오르고 또 오르길
강원도 첩첩산중 이 곳에 옮겼구나
눈 아래 펼쳐진 풍경 구름처럼 떠간다.

올랐다 내리는 길 바로 펴지 못하고서
굽이굽이 돌고 돌아 눈 아래 펼쳐진 골
이곳도 사람이 살아 저녁연기 하늘 난다.

양지바른 언덕 위의 청남대 푸른 빛깔
대청댐 굽어보며 실바람에 미소 지며
지나온 영욕의 세월 미련 아직 못 버렸다.

말 잔등 올라 앉아 주고받는 눈빛, 숨결
길 따라 가슴 열은 풀, 나무 품에 안다
풀 냄새, 숲 향기 좋아 정든 임도 잊는 길.

* 문의에서 회남으로 가는 산길에서

긴 밤 어이하라고

경부선 철길 옆의 양지바른 비탈 언덕
사십여 년 갈고 닦아 푸른 숲 조성하니
산새도 날다 찾아와 둥지 틀어 머물더라.

십만 평 언덕 위의 천여 종 꽃과 나무
야생화 군락지어 꽃향기 가득하니
높은 산 깊은 골짜기 여기 모여 쉬는구나.

수목원 여기 저기 곰 조각상 세월 이고
사육장 우리 안엔 반달곰 수십 마리
더위를 가슴에 품고 하는 짓도 재밌다.

아기 꽃사슴은 눈망울도 구슬프다
가늘고 작은 다리 보기에 어설퍼도
찾아온 어린이 눈엔 그저 예쁜 사슴이래.

원앙새 짝을 지어 더위 피해 바삐 날고
앵무새는 임과 함께 입 맞추기 바쁘구나
임 없이 사는 사람들 긴 밤 어이 하라고.

* 베어트리 파크에서

4부

계영배 戒盈杯

역지사지

도우며 살아가도 고달픈 인생살이
도움을 주긴 커녕 제 생각만 강요하면
마음이 부처라 해도 돌아누울 수밖에.

내 마음 아플 때에 따뜻하게 위로하고
밝은 얼굴 환한 미소 가득 담아 주었으면
몸과 맘 지쳐있을 때 내 자리도 내줄 텐데.

가진 것 많지 않아 맘껏 주지 못하지만
주는 삶 마음 편해 나누며 살았어도
가슴 속 서운함 많아 이는 갈등 어이할고.

빈 가슴이 아물까

밤새 내린
하얀 눈은
나뭇가지에 잠들고

햇살은 눈 녹을까
구름 위를 노니는데

아픔이
기쁨 되도록
빈 가슴이 아물까.

새벽달

이른 아침 창문 여니 보문산 하늘 위에
보름 지나 일그러진 새벽달 밝게 웃고
밝은 달 한 가운데에 따라 웃는 그리움.

빛나던 새벽 달은 쓸쓸히 미소 짓고
서산 옆 비스듬히 한 조각 구름 되어
늦은 밤 다시 떠오를 꿈에 취해 잠든다.

2월 어느 날

해마다 이맘때면 맘 졸이는 인사발령
만기를 채운 교사 1년 지난 희망 교사
내신서 제출하고서 한결같이 설레는 맘.

비 경합교 희망한 이 뜻대로 가겠거니
경합교 내신 낸 이 혹시나 잘못될까
염불엔 관심이 없고 잿밥에만 눈멀어.

인사발령 예정일에 삼삼오오 모여앉아
컴퓨터 켜두고서 언제쯤 공개될까
모두가 한마음으로 걱정하는 동료애.

희망교 발령 난 이 기쁨에 환한 얼굴
혹시나 했었다가 뜻 못 이뤄 어둔 얼굴
표정은 각기 달라도 가슴 가득 새 희망.

서산 하늘 가득히

영월 땅 뒤로하고 떠난 집 되찾는 길
산 위의 붉은 태양 서쪽 산을 물들이다
산 능선 미끄러지며 숨바꼭질 하잔다.

먼 산 위 쉬던 노을 안고 있기 힘들어서
들었다 내려놓다 산 위에 그린 악보
서쪽 산 하늘 가득히 타오르는 그리움.

봄비

봄비 오는 이른 아침
솔잎 더 푸르르고
골짜기 시냇가의
갯버들 물이 올라
꿈꾸는
꽃봉오리들 봄 하늘을 열고 있다.

산새들 먹이 찾아
산 능선 넘나들다
다람쥐 제 짝 찾아
골짜기 내달리다
그들의
소박한 꿈을 버들 꽃에 담았다.

맘과 몸 가난하여도

빈 병에 입대고서 숨 모아 바람 불면
병 안의 공기 울려 맑은 소리 토해내듯
사람도 마음 비우면 인생살이 즐겁다지.

추워서 입은 옷도 날 풀리면 짐이 되고
외로워 맺은 인연 세월 가 근심 되니
모든 것 다 버리고서 살다간 이 부럽구나.

작은 것 덜어내어 산천에 비우고서
빈 마음 빈 몸으로 남은 생 살아가면
맘과 몸 가난하여도 행복 거기 있겠지.

바람 소리

94

간밤에 내렸던 눈 눈꽃 활짝 피었더니
한낮에 내리쬐는 햇볕에 녹아내려
그리움 가슴에 담고 봉황천을 흐르는가.

윙-윙 부는 바람 골짜기 가득해도
소나무 굵은 허리 좌우로 흔들려도
산골짝 남이 골에만 들려오는 노래일세.

아침부터 저녁까지 들려오는 바람 소리
유리창 투과하여 귓가에 맴을 도니
지나간 슬픈 사연들 바람 따라 가거라.

* 봉황천 : 남이면 하금리 앞을 흐르는 내

매화

긴 겨울 혹한 추위 매화가지 머물다가
오는 봄 야속하여 벌 나비 어여뻐서
황급히 떠난 자리에 하얀 꽃이 봄을 연다.

매화꽃 고운 향기 긴 겨울 헤아리고
그리운 임 빼어 닮은 화사한 고운 자태
술잔에 꽃잎 띄우면 그리움 덜 하려나.

계영배 戒盈杯

잔 밑에
뚫린 구멍
술 따라도 새지 않다

칠십% 잔 채우면
채운 술 비워지니

끝없이
솟구치는 정
경계하며 살라네.

넘침을
경계하면
만사가 평안하니

한없는 욕심일랑
지는 해에 얹어두고

몸 편히
마음도 편히
남은 삶을 보내라네.

경기전 뜰 매화나무

98

하늘 향해
자라다가
뜬 구름 무거워서

허리 굽혀 땅 향하니
흙 또한 싫다하네

해 보기
부끄러워서
가지 여럿 내었나.

금낭화

연분홍
타는 가슴
두 손으로 감싸 안고

수줍어 홍안 되니
속살만 새하얗네

여인네
속옷 깊숙이
고이 넣은 주머니여.

은행나무

딱딱한 껍질 깨고 거친 흙 밀고 나와
하늘 향해 팔 벌리고 긴 세월 뒤로하니
지나간 인고의 세월 주마등 돼 다가온다.

암 수가 마주보며 애끓던 지난 사랑
노란색 꽃봉오리 그물처럼 얽어매니
이제는 한 곳에 살자 외쳐대는 언약인가.

연가

그립고 보고픈 임 가슴속 가득한데
고운 임 가슴 속엔 내 모습 안 보이니
외로움 슬픔이 되어 검게 물든 밤하늘.

밤하늘 지는 달에 살며시 부탁해도
멀리 있어 제 힘으로 어찌할 수 없다하네
그림자 길게 늘이고 새벽 찾아 가는데.

그리움 이는 밤

102

서산에 해지고서 어둠이 밀려올 때
먼 하늘 높이 떠서 환하게 반짝이는
밝은 별 뉘 맘 알아서 어둔 밤을 비추나.

하늘엔 어둠 가득 내 맘엔 적막 가득
별빛 모두 모아 가슴에 담아두고
그리움 가득히 일 때 어둠 밝혀 볼까나.

접시꽃 I

대전천 가장자리 접시꽃 하늘대니
분홍빛 붉은 물결 온 하늘로 번져간다
꽃잎에 담긴 그리움 저녁 해를 물들이며.

아름답지 않지마는 냇물처럼 맑디맑은
화려하지 않으면서 박꽃처럼 소박한 꽃
그리움 가득히 안고 뉘 오시길 기다리나.

장미꽃 백합꽃에 향기를 모아 주고
길가에 홀로 서서 외로움 달래는 꽃
벌 나비 꽃향기 찾아 서러움만 더하네.

접시꽃 II

104

흰 저고리 녹색 치마 다소곳이 여며 입고
먼 하늘 바라보며 하얀 미소 입가 가득
두고 온 고향 하늘도 지금처럼 푸르던가.

접시꽃 흰 꽃처럼 맑고 맑은 그리운 이
하얀 꽃 외롭다고 살며시 찾아와서
덩달아 미소 지으며 외로운 맘 녹인다.

밤꽃

긴 여름밤
외로운 이 독수공방 하지 말고
달 밝은 밤 달빛 아래
여름밤을 즐기라네.
무더위
식히려 나온
사람들 중 하나 찾아.

저 산 안에 길이 있어

산 속에 자라는 꽃 이름 모를 야생화들
산새가 지저귀는 노래 소리 마냥 좋아
온 걱정 모두 다 잊고 하늘 향해 벙긋 웃지.

소나무 오리나무 전나무 낙엽송들
내뿜는 향기 좋아 산짐승 내달리고
산 좋아 찾는 나그네 땀방울도 달단다.

구름에 가리여도 구름 뒤에 가득한 산
그리움 가득 담아 바람 위에 올려두니
저 산이 내 맘 알고서 미소 지어 반긴다.

깊은 산 빼곡한 숲 그 안에 길이 있어
새소리 물소리에 내뿜는 나무 향기
가슴에 품을 수 있어 오솔길이 등대라네.

5부

내일 또 와, 기다릴게

사시던 집 더 좋단다

병원에서 보낸 나날 길고 긴 21개월
몸과 마음 지쳐있어 집 생각 간절하고
꿈에도 골목길 보여 잠자다 깬 여러 날.

언제나 집에 가서 정든 이웃 얼굴 보나
마음은 옛날인데 기억은 간데없고
침대에 오르는 것도 힘에 부쳐 어려워.

찾아온 자식에게 옛집 가 살고 싶다
삶의 터전 각기 달라 살던 집 갈 수 없어
내 집에 가시자 해도 사시던 집 더 좋단다.

이제는 저만큼에서

사십 이년 이 개월 기나긴 세월들을
어린아이 밝은 얼굴 바라봄이 행복하여
큰 희망 가슴에 담고 부지런히 달린 세월.

바른 인성 기르기엔 일기 씀이 제일이라
우리 말 바로 알렴 한자도 많이 알라
하루 일 몹시 바빠도 꼼꼼하게 챙기셨지.

정보화 시대에는 지구가 한 동네니
더불어 살려면 영어회화 잘 해얀다
외국어 수업안 만은 빠짐없이 쓰라셨고.

내일은 내일이니 오늘을 즐기라고
오늘의 이 순간이 소중한 시간 되게
날마다 최선을 다해 후회 없이 살자셨지.

세월 무상하여 긴 세월 뒤로 가니
지난 세월 모두 모아 마음에 묻으시고
이제는 저만큼에서 마음 편히 쉬시구려.

올곧게 성실하게 살다가 지치신 몸
잊었던 친구 찾아 뜸했던 고향 찾아
나만의 시간 찾아서 만년 행복 누리소서.

* 길준무 교장선생님 정년퇴임일에

삼십여 년 살았어도

112

이용원 하는 친구 얼굴이 젊어 보여
머리에 얹은 모자 벗기어 얹어보니
내 얼굴 내가 보아도 거울 안엔 남 있어.

휴대폰에 담은 모습 집사람 보여주니
삼십여 년 살았어도 누군지 모른다고
웃을까 울어야 하나 쓴 웃음만 이는 밤.

송별회

헤어짐 섭섭하여 술잔 두고 앉은 자리
힘들었던 지난 세월 눈앞에 아른대니
남은 이 축하의 마음 먼 하늘 별빛 되고.

건네는 술잔 속에 지난 시간 가득하고
나누는 덕담으로 초승달 빛 밝으니
늦겨울 밤이 깊어도 헤어지기 싫은 맘.

한걸음 또 한걸음

늦게 본 손자라고 네 할머니 기뻐하며
환하게 웃음 짓던 그 모습 생생한데
세월이 흐르는 물 같아 졸업식이 오늘이라.

입대 전 하던 행동 제대하면 사라질까
부모 맘 이해하고 제 앞길 열어갈까
긴 이년 마음 달래며 기다리며 보낸 시간.

네 나이 스물여섯 철들 때 지나갔지
이제는 네 힘으로 세상 풍파 헤치면서
큰 뜻을 가슴에 품고 첫 발걸음 내딛거라.

사람들 사는 세상 만만하게 보지 말고
한걸음 또 한걸음 차근차근 정진하여
너의 꿈 이룰 수 있도록 온 정성을 다하여라.

세상사 살다보면 어려운 일 하 많단다
힘들 때 외로울 때 슬플 때 고달플 때
용기를 북돋우어 줄 좋은 친구 사귀어라.

네 삶이 힘들어도 베풀며 살아가라
고운 말 공손한 말 부드럽고 환한 얼굴
뜻 담긴 작은 배려에 네 마음이 하늘 되니.

* 아들 대학졸업식 날에

아픔을 어루만지는

배움의 터전 찾아 타향살이 십이 년
가족 떠나 객지에서 외로움 떨쳐내며
커다란 목표 이루려 눈물 참고 달랜 세월.

치과의사 면허 얻어 환자들 돌보다가
전문의 자격 얻어 더 나은 의사되려
또다시 찾아간 모교 소아치과 수련과정.

내친김에 달려보자 병행한 학위 공부
석사과정 마치고서 도전한 상위 과정
천리 길 마다않고서 오간길이 얼마던가.

4년을 갈고 닦아 전문의 자격 얻고
학문을 보완하려 서울 전주 오가면서
딸아이 시댁에 두고 마음 시린 긴 세월.

지나간 긴 시간에 가슴 얼룩 남았어도
오늘 얻은 박사 학위 친정 시댁 기쁨 되고
함께한 외손녀에겐 본보기로 남을진대.

오를 곳 더 없다고 자만에 젖지 말고
찾아온 환자 고통 네 것으로 여기고서
아픔을 어루만지는 참된 인술 펼치어라.

고맙네 참 고맙네

아침에 눈을 뜨면 넓은 병실 침대 가득
내 핏줄 하나 없고 모두가 낯선 이들
살아서 숨을 쉬어도 답답함만 더하고.

보고픈 아들딸들 오늘도 찾아올까
병실 문 드나들며 찾기를 기다리다
붉은 해 서산에 질 때까지 그리움만 가득한데.

손자 손녀 보고 싶다 못 오면 내가 가마
하셨던 말씀들은 모두 다 잊고서는
무엇이 그리 바빠서 자주 찾지 않느냐네.

고맙네 참 고맙네 바쁜데 찾아줘서
저녁밥 안 먹어서 시장해서 어쩐다지
모시고 살지 못하는 몸 얼굴 가득 눈물만.

소나기 내리는 날

하늘엔 구름 가득 아침부터 찌더니만
후두둑 후두두둑 요란한 소리 내며
내리는 굵은 빗방울 평평한 밭 호수되고.

골짜기 날던 새들 비 피해 숨어들고
냇물 속 물고기들 놀란 가슴 쓸어안다
그래도 살던 곳 좋아 흙탕물도 좋단다.

바쁘다 시간 못내 시기 지나 심은 콩이
메말라 숨 가빠서 새 싹 내지 못하다가
반갑다 미소 지으며 땅거죽을 가르는데

가슴에 이는 그리움 소나기가 알있는지
골짜기 여기 저기 새로 생긴 호수 수면
그리워 보고픈 얼굴 호수마다 한 가득.

자두

한 여름
붉은 태양
가슴에 가득 품어

온몸이 붉게 타서
붉은 빛 물들이니

화가가
그려놓아도
이리 곱진 않겠지.

붉은 껍질
안에 담긴
연노랑 연한 과육

지난 해 긴 기다림
모두 다 녹아들고

고운 임
마음 가득한
선녀 얼굴 고운 모습.

외손주 백일에

둘째를 임신했다 소식을 전해 듣고
이번엔 아들이길 모두들 바랬단다
할머니 할아버지도 외할애비 외할미도.

네 누나 피는 재롱 모두들 귀여워도
마음 속 허전한 맘 떠나지 않았는데
성민이 태어날 거란 새 희망에 부풀었지.

열 달의 긴 기다림 훌훌 털어 버리고서
세상을 향한 외침 성민이 울음소리
기다린 모든 이에게 밝은 미소 주었단다.

태어난 지 얼마 안 돼 입원했단 소식 듣고
외할미 찾게 하고 타는 가슴 누가 알랴
두 손을 가슴 모으고 쾌유되길 비는 맘.

세상이 야속하여 모진 시련 겪는구나
비바람 부는 날들 살다보면 하 많단다
맘 편히 살 수 있도록 건강하게 자라라.

사람이 사는 데에 필요한 것 여러 가지
많아서 좋은 것이 여러 가지 있지마는
그 중에 건강 잃으면 모든 것을 잃는단다.

어머니

손가락
굵은 마디
이마에 패인 주름

아들 딸 뒷바라지
가슴에 담은 아픔

서산에
지는 저녁 해
붉은 노을 태우네.

불꽃 되어
활활 타다
그리움 아픔 되고

목마름 달래려다
타다 멈춰 숯 된 세월

가슴 속
흐려진 기억
발길마다 옛 생각.

내일 또 와, 기다릴게

일 한다 핑계대고 아프다 핑계 대니
아는 이 하나 없는 2년 여 병원생활
외로움 가슴에 가득 잊혀가는 가족들.

삼십 년 살던 집이 눈앞에 아른거려
가보고 싶다 해도 열쇠가 없다하네
지놈들 열 달 배 앓아 낳은 줄도 모르고.

찾으면 두 손 잡고 눈가에 이슬지며
손자 손녀 잘 있느냐 며느리 별 일 없나
어제도 오늘 질문도 하나같이 똑같다.

지나간 세월들을 하나하나 떠올리다
날마다 하시는 말 찾아와 고맙다네
가겠다 등을 돌리면 "내일 또 와, 기다릴게."

소도 보고 말도 보고

교단에 첫 발 디딘 젊은 시절 모습처럼
언제나 웃음 가득 만년 동안 얼굴로
아이들 보듬은 세월 네 번 바뀐 산과 강.

세상살이 하다보면 소도 보고 말도 보고
제각기 다른 개성 그러니라 비우라며
속으로 삭인 세월들 당신 비켜 흘렀지.

나보다 직원 먼저 직원보다 학생 먼저
즐겁고 행복하게 그들 생활 즐기도록
앞서서 실천한 사도 흔적으로 길이 남고.

이제는 양 어깨에 가벼운 나래 달고
내일도 오늘처럼 오늘도 내일처럼
그리던 마음 속 꿈들 항상 함께 하소서.

* 김달원 교장선생님 정년퇴임일에

이제는 마음 편히

마음모아 찾은 고향 모교의 후배 위해
새벽부터 밤중까지 온 정성 다하다가
더 큰 뜻 이루기 위해 찾은 일터 이년 세월.

부임하며 다짐한 맘 화합과 믿음으로
한마음 한뜻 되어 금산교육 향상 바램
소박한 작은 꿈으로 새 출발의 힘찬 걸음.

현장에 도움주려 지원행정 펼친 열정
밤늦은 시각까지 고민하던 고향 교육
금산의 교육가족들 그 사랑에 감동했지.

알아야 편하단다 바르게 자라거라
더위 추위 모두 잊고 밤늦도록 불 밝히어
쏟았던 정성과 열정 먼 훗날에 샛별 되지.

교육환경 개선 위해 최선을 다하시니
그 노력 그 열정이 열매 맺어 이룬 성과
안에서 밖으로 번져 자리 잡은 금산 교육.

2년여 짧지 않은 최선 다한 교육 활동
이제는 시름 잊고 남은 세월 즐기구려
공수래 공수거인데 빈 가슴은 비워두소.

* 이철주 교육장님 이임일에

바람처럼 구름처럼

내 생각 담아 두고 동료 의견 경청하며
있어도 없는 듯이 없어도 있는 듯이
당신 뜻 가슴에 품고 모두의 뜻 엮은 세월.

치솟는 열기 식혀 부드러운 웃음으로
지시보다 긴 기다림 더러 속도 썩었지만
기다림 큰 산이 되어 절로 이는 사랑이여.

언제나 가슴 안에 열정을 가득 담아
사십 이년 긴 세월을 하루도 변함없이
아이와 함께 한 세월 크나크신 높은 뜻.

푸른 꿈 긴 긴 여정 이제는 비우시고
지금껏 꾸시던 꿈 방방곡곡 두루 여행
사모님 벗을 삼아서 바람처럼 구름처럼.

* 전문식 교장선생님 정년퇴임일에

130

둘째 고모

철모르고 간 시집 열여섯 어린 나이
아들 둘 딸 하나 세 자녀 위안 삼아
일찍 간 서방님 잊고 견딘 세월 육십년.

비탈 밭 일구면서 부르트신 손마디들
욕으로 달래면서 시집살이 참아내다
멀리서 찾아온 조카 웃으면서 반기셨지.

뭇사람 상관 않고 꿋꿋이 외길 걷던
그 젊음 그 사랑은 세월 따라 멀리 가고
일구던 그 밭둑에는 찬바람만 맴도네.

둘째 아들 가슴앓이 아는지 모르는지
세상사 모두 잊고 고운 꿈 그리더니
눈 덮인 새 집 그리워 하늘나라 가셨구나.

고향으로 돌아가는 길이

태어나 살아가라 그 누구 뜻이었나
아는 듯 모르는 듯 가버린 지난 세월
가슴에 묻은 사연들 눈물 되어 흐르고.

뒤돌아 다시 보면 어디 눈물뿐이던가
햇볕에 그을릴라 한파에 감기 들라
근심 속 지새우던 밤 셀 수 없는 날들인데.

바위틈 저 소나무 세월 지나 더 푸르듯
그 뜻이 내 뜻 되어 나뭇가지 무성해도
시린 맘 아는 놈 없고 제 갈 길만 바쁘지.

흙으로 다시 오라 부르는 외침이 커
여윈 몸 주린 배를 지탱하기 힘들구나
가는 길 이리 힘들면 여기 오지 말 것을.

이별 연습

어찌 얻은 생명인데 이 끈을 쉬 놓으랴
얽히고설킨 인연 버리기 쉽지 않아
긴 고통 온몸에 가득 발버둥을 쳐 본다.

아스라이 스쳐가는 한 평생 이야기들
그 동안 살은 삶이 소설 되고 희곡 되고
혼자서 배우가 되어 모노드라마 엮는다.

지나온 인생살이 흘러가 덧없어도
울다가 웃은 세월 그 세월이 그립구나
정든 곳 정든 얼굴들 이를 어찌 잊으라고.

고유제를 지내며

134

말없이 떠나신 임 오늘도 보고파서
돌아올 수 없는 길을 마중 나가 서성이니
가신 임 보이지 않고 옛 추억만 머물러.

삼십오년 긴 긴 세월 살같이 달려간 길
그리운 임의 얼굴, 쌓여진 흔적들이
오늘도 넋두리 되어 옛 추억을 부르고.

넋두리 고이 담아 영전에 드리오니
잊었던 이승 여행, 당신 아들 세상살이
천상의 모든 일 잊고 잠시 살펴보소서.

* 아버님 기일에 시조집 1, 2집 발간을 부모님 영전에 알리며

저 산 안에 길이 있어

김장수 시조집

발 행 일 │ 2013년 2월 15일
지 은 이 │ 김장수
발 행 인 │ 李憲錫
발 행 처 │ 오늘의문학사
출판등록 │ 제55호(1993년 6월 23일)

주　　소 │ 대전광역시 동구 삼성1동 125-6 한밭오피스텔 401호
전화번호 │ (042)624-2980
팩시밀리 │ (042)628-2983
홈페이지 │ http://www.lito77.co.kr(홈페이지)
전자우편 │ hs2980@hanmail.net

공 급 처 │ 한국출판협동조합
주문전화 │ (070)7119-1741~2
팩시밀리 │ (031)944-8234~6

ISBN 978-89-5669-542-6
값 8,000원